RÉFLEXIONS

CRITIQUES,

SUR

LA TRAGÉDIE

DE ZELMIRE;

Par un Bel-Esprit du Caffé de PROCOPE.

Le prix est de douze sols.

M. DCC. LXII.

RÉFLEXIONS
CRITIQUES,
SUR
LA TRAGÉDIE
DE ZELMIRE,

*Par un Bel-Esprit du Caffé
de Procope.*

ON ne lifoit déjà plus *Iphigé-
nie en Tauride* ; les Comédiens
reffufcitoient encore quelquefois
Hypermneftre, mais fans témoins ;
Aftarbé, *Briféïs*, *Térée*, *Califte*,
Zaruckma, &c. &c. &c. étoient
plongés dans un profond oubli,
lorfque Jeudi 6 Mai, on afficha

A 2

pour la premiere fois *Zelmire*, Tragédie de M. DE BELLOY, Auteur de *Titus*, que je vis, parce que je ne manque jamais les premieres repréfentations.

Plus on en fiffle, & plus on en préfente :
C'eft une preffe . . . .

Je volai à la Comédie Françoife ; on ouvrit la petite fenêtre ; je me précipitai à travers la foule ; je reçus quelques coups, j'en donnai, & enfin j'attrappai un billet de Parterre.

Le hazard me fit placer près d'un jeune homme, que je jugeai Bel-Efprit fur tout le mal qu'il difoit des autres Beaux-Efprits. Nous liâmes converfation ; nous parlâmes beaucoup de nos jeunes

Poëtes; il me parut bien mieux inſtruit que moi des nouvelles Littéraires. Je lui demandai, ſi les Auteurs modernes qui avoient déjà travaillé pour le Théâtre ne ſe préparoient point à reparoître ſur la Scène; il me dit:

Que M. C... travailloit à nous redonner le *Germanicus* de Pradon.

Que M. L...... dégoûté des tracaſſeries du Parterre & des critiques, avoit formé le courageux projet de quitter le Théâtre.

Que M. P..... (qu'on prenne bien garde de le confondre avec celui qui a fait de mauvais vers) compte nous régaler de ſon *Ajax*, que les Comédiens ont promis de jouer, s'il pouvoit le corriger.

A 3

Que M. C.... va tâcher d'embellir de son élégante versification le sujet de *Rodogune*, ainsi qu'il en a embelli *Heraclius*.

Que M. S.... croit qu'il n'est point de la dignité d'un Académicien de se faire siffler.

Que M. P..... pensoit avoir fait assez de progrès dans la Comédie, pour risquer incessamment sur le Théâtre les Masques anciens.

Et qu'enfin M. D.... Comme il alloit continuer, la toile se leva, les Acteurs parurent, & il se tut pour les écouter.

Pour mettre le Lecteur en état de juger des réflexions de notre Bel-Esprit, je vais lui mettre sous les yeux une analyse rapide de la nouvelle Pièce.

Le sujet est entierement de l'imagination de M. DE BELLOY. La Scène est à Mitilène, Capitale de Lesbos. Le Théâtre repréfente une efpèce de ruë, d'où l'on voit un temple, un tombeau, un bofquet qui fert d'avenue au temple, & la mer eft dans le lointain. Polidore, Roi de Lesbos; Zelmire, fille de Polidore; Antenor, Prince du fang des Rois de Lesbos; Ilus, Prince Troyen, époux de Zelmire; & Rhamnès, Général de l'armée Lefbienne, font les principaux perfonnages.

ACTE I.

Zelmire ouvre le premier Acte avec fa Confidente, qui, arrivant de Samos, ignoroit tout ce qui s'étoit paſſé, & croyoit ainſi que la plûpart des Leſbiens, Zelmire coupable de parricide; indignée d'une pareille horreur, elle la fuit; mais Zelmire la détrompe, & lui dit :

Ta tendreſſe va croître au récit de la mienne.

Elle lui raconte alors tout ce qui peut avoir donné lieu à ce ſoupçon; combien il importe pour le ſalut de ſon père qu'on la croye toujours parricide : elle lui apprend qu'Azor, fils de Polidore, pendant qu'Ilus étoit à Troye, non content d'avoir chaſſé ſon père du Trône pour s'y placer, avoit encore formé le projet barbare de le laiſſer mourir de faim; Zelmire inſtruite du ſort de ſon père,

vole à son secours, & peint ainsi
sa situation.

J'entre, je vois mon pere à mes pieds étendu;
Je sens le froid mortel sur son corps répandu;
Je le presse en mes bras, & sa bouche expirante
Pousse en foibles sanglots une voix défaillante;
J'écoutai la Nature, elle vint m'inspirer
D'oser changer ses loix pour la mieux honorer.
Son trouble impérieux ne connoît pas d'obsta-
        cles;
La Nature allarmée enfante des miracles:
Du lait que pour mon fils elle avoit destiné,
Mon sein même a nourri mon pere infortuné.

Zelmire est surprise par un des
Thraces qui gardoient son père.
Elle vient à bout de le fléchir;

Car l'inflexible airain de l'ame la plus dure
S'ébranle & s'amollit au cri de la nature.

Ce Thrace fournit à Polidore
les moyens de se sauver de la fureur de son fils; Zelmire va trom-

per son frère, lui apprend la fuite de Polidore, & lui dit qu'il s'étoit réfugié dans un temple, où un des siens se défendoit encore. Aussi-tôt Azor fit mettre le feu au temple, & tout fut réduit en cendres. Zelmire montre à Ema le tombeau

Où des Rois de Lesbos on révère la cendre;
Où son pere vivant fut forcé de descendre.

. . . .

L'asyle de la mort est celui de sa vie.

Azor ne jouit pas long-tems de son crime, on le trouve assassiné dans sa tente. Le peuple & l'armée choisissent Antenor pour Roi.

Ema, revenue de son erreur, court veiller à leur sûreté. Zelmire restée seule, fait sortir Polidore de son tombeau, & l'instruit de la mort d'Azor,

Qui fut mieux que perſonne éblouïr le vul-
gaire,
Qui joignit ſous les traits d'un viſage enchanteur
Le froid de la prudence au feu de la valeur.

Polidore & Zelmire s'atten-
driſſent tous deux. Je me livre,
dit Zelmire,

A ce tendre devoir, à cet amour ſacré,
Du nom de piété juſtement honoré,
J'offre mes premiers vœux au Maître du Ton-
nerre,
Mais l'auteur de mes jours eſt mon Dieu ſur la
Terre.

Ema vient leur annoncer l'ar-
rivée d'Antenor. Ils ſe ſéparent;
Polidore rentre dans le tombeau.
Zelmire ſort, Antenor paroît ſuivi
de ſes ſoldats & du peuple. Rhamnès lui offre le Trône auquel ſon
rang l'appelle. Antenor le refuſe
avec la plus grande nobleſſe.

Le Trône de Lesbos eſt au fils de Zelmire;
L'élever pour ſon Peuple eſt la gloire où j'aſ-
       pire;
Je ſerai plus chéri, plus grand, plus reſpecté
D'avoir fait un bon Roi, que de l'avoir été.

Antenor ordonne au peuple d'aller au ſacrifice qu'on doit faire au temple. Rhamnès reſte ſeul avec Antenor, & lui marque l'étonnement que lui cauſe le refus qu'il a fait du Trône. Antenor a beſoin de Rhamnès;

Il ſait bien qu'à la Cour de vains noms revêtu;
Le ſoin de ſa fortune eſt la ſeule vertu.

Voïci comme il ſe découvre à ſon Confident:

Tu n'es rien, ſi je ſers, & tout ſi je ſuis Roi.
Voilà ſur quels garans je vais t'ouvrir mon
      ame,
Rhamnès, dès le berceau l'ambition m'enflâme;

Sorti du Sang des Rois, mais du Trône éloi-
   gné,
J'en dévorois l'espace en mon cœur indigné.
La force ne pouvoit m'en briser les barrières,
La souple Politique *écarta les premières* . . .
  . . . .

On voit maintenant qu'Antenor est un scélérat décidé, dont la
fausse grandeur n'est qu'un voile
aux crimes les plus atroces. Il déclare à Rhamnès que c'est lui qui
a conseillé à Azor le parricide,
qu'il l'a ensuite assassiné lui-même,
& qu'il projette d'en accuser Phor-
bas, l'ami de Polidore. Antenor
avoit instruit Polidore des projets
d'Azor, pour perdre le fils par le
père, ou le père par le fils. Il con-
tinue de se peindre par ces vers :

J'ai fondé ma grandeur sur l'estime publique,
D'un sage usurpateur, utile politique,

Je feins de fuir un Trône où tendent tous mes
    pas ;
J'adore des Dieux vains que mon cœur ne croit
    pas.
Et tu vois que le Peuple, & la Cour & l'Armée,
De cent titres divins chargent ma Renommée ;
Mon nom n'eſt prononcé qu'entouré de vertus,
Gardons de deſſiller des yeux ſi prévenus.
J'ai ſû tromper mon ſiècle, & je veux davan-
    tage ;
Je veux que ſon erreur s'étende d'âge en âge,
Et que tout l'avenir ne puiſſe voir en moi
Qu'un Sujet vertueux que le ſort a fait Roi.

Le fils de Zelmire, pour lequel il paroît avoir refuſé le Trône, n'eſt qu'un inſtrument pour s'affermir dans l'uſurpation qu'il médite, & un ôtage contre Ilus, ſi la vérité ſe découvroit ; mais, continue-t-il,

Tu me crois trop prudent pour lui laiſſer at-
    teindre
L'âge de ſe connoître & le tems d'être à crain-
    dre.

Il employe même les apparences de la vertu pour engager Rhamnès à entrer dans ses vûes.

Tels sont les grands projets où mon choix t'as-
socie,
L'intérêt est le nœud, la chaîne qui nous lie;
Ce Dieu des Courtisans me répond de ta foi,
Ce Dieu des Souverains te répondra de moi.

Rhamnès reste seul. Il flotte entre le crime & la vertu. Il se décide pour le premier, puisqu'il ouvre la route du bonheur , & dit ces vers qui finissent le premier Acte.

Dans ce siécle coupable, à quoi sert la vertu ?
Quel fruit en recueillit le sage Polidore ?
Des titres, des grandeurs, *si la soif me dévore*,
Je voulois noblement en mériter l'honneur;
Les forfaits sont ici la route du bonheur.
Du Maître que je sers, embrassons les maximes;
Dieux ! en le couronnant vous me forcez aux crimes.

ACTE II.

Zelmire vient annoncer à Polidore la magnanimité apparente d'Antenor, qui refufoit le Trône pour le céder à fon fils. Elle exhorte fon père à fe confier à un Sujet fi fidèle. Polidore y confent. Zelmire alloit le livrer à fon oppreffeur, lorfqu'Ema amene le Soldat Thrace qui avoit fait évader Polidore de fa prifon. Ce Thrace apprend à Polidore & à Zelmire qu'Antenor vient d'affaffiner Azor, qui profitant des derniers inftans de fa vie, traça un écrit, dans lequel il imputa tous fes crimes à Antenor. Zelmire & Polidore font furpris. Il faut fuir un nouveau perfécuteur. Le Thrace

ce

ce leur propofe de leur en faciliter
les moyens ; il eft chargé d'efcor-
ter Zelmire jufqu'à Troye , où
Antenor va la renvoyer. Polidore,
dit-il, pourra paffer à votre fuite ;
& lorfque vous aurez joint Ilus,
vous fongerez à punir Antenor.
Le Thrace fort , & Polidore marque ainfi fa reconnoiffance.

Quels nobles fentimens en cette humble for-
    tune !
O leçons pour les grands trop vaine & trop
    commune !
A ces derniers humains quel Roi veut s'abaif-
    fer ?
Quand ils font malheureux daignons - nous y
    penfer ?
Nos yeux remarquent - ils leur obfcure exif-
    tence ?
Leur zèle la prodigue à notre indifférence ;
Et loin de fe venger de nos mépris honteux,
Ils font hommes pour nous quand nous fouf-
    frons comme eux.

B

Pendant que Zelmire tremble pour son fils, qui est au pouvoir d'Antenor, on vient annoncer ce dernier. Toujours paré des dehors de la vertu, il dit à Zelmire, que pour ôter au jeune Prince son fils l'exemple odieux d'une mère parricide, le peuple exige son éloignement, & que les vaisseaux sont prêts pour son départ. Zelmire surprise, lui répond par ces vers :

Vos reproches, Seigneur, ont droit de me
    confondre,
Mais devant un Sujet je n'ai rien à répondre ;
Je ne prends point pour juge un vain Peuple
    ni vous,
Mes juges sont les Dieux, mon cœur & mon
    époux.

Elle tremble toujours pour son fils ; mais elle espère sauver son père par ceux qui fuiront à sa suite ; Antenor lui ravit cet espoir, en lui déclarant que ceux qui l'accompagneront, *Par de sévères yeux seront examinés.*

Arrive Ilus, il embrasse Zelmire, il veut voir Polidore ; Antenor lui répond qu'il n'est plus, & que c'est Zelmire qui est l'auteur de sa mort. Ilus est étonné ; il ne sçait que croire. *Quoi ! Zelmire !* . . . . . *Mais non,* dit-il au Tyran, *vous me trompez, barbare !* Il interroge Zelmire : elle hésite ; elle prend enfin son parti, & dit à part ce vers du grand Corneille :

Mon cœur immole-toi, la cause en est trop belle.

Oui, s'écrie-t-elle par cette équivoque,

Oui, réduite à choisir de mon père ou d'Azor,
Ce que j'ai faite enfin, je le ferois encore.

Ilus à cet aveu frémit, ne voit
Zelmire qu'avec horreur, vomit
un torrent d'imprécations contre
elle ; je vais , lui dit-il ,

Je vais loin de ces lieux , de ton Iſle abhorrée,
Expier le forfait de t'avoir adorée.

Il veut aller demander ſon fils
à Azor, qu'il croit encore vivant ;
Anténor lui répond qu'Azor n'eſt
plus. *Eſt-ce vous qui regnez ?* lui
demande Ilus. Antenor dit que le
Trône eſt à ſon fils , & Ilus veut
l'emmener à Troye, loin de ce ſé-
jour d'horreur.

ACTE III.

Ilus a demandé ſon fils au Peuple, qui le lui a accordé. Antenor

déconcerté, craint qu'Ilus ne dé‑
couvre un jour ses forfaits ; en con‑
féquence, il projette de l'affaffi‑
ner ; car, dit-il,

En un mot, je ne crains qu'Ilus dans l'Uni‑
vers,
Et par un crime heureux les autres font cou‑
verts.

L'occafion fe préfente. Ilus ar‑
rive avec fon Confident. Antenor
fe cache dans le temple, en difant
que *s'il s'éloigne, il eft mort.* Ilus
le renvoye en effet, & refte. An‑
tenor choifit l'inftant où Ilus ab‑
forbé dans fes penfées, ne voit
rien : il leve le bras pour le percer ;
Zelmire fort à propos de la cou‑
liffe pour arrêter la main de l'af‑
faffin, & faifit le poignard, en s'é‑
criant : *Ah ! malheureux !* Ilus fe

retourne, & l'attitude équivoque
de Zelmire fournit à Antenor la
hardiesse de l'accuser elle-même
d'avoir voulu attenter à la vie de
son époux : Zelmire tombe sans
sentiment ; Antenor profite de ce
moment pour aller appeller sa
Garde. Zelmire ayant recouvré
l'usage de ses sens, veut apprendre à son époux que Polidore vit,
& qu'il est caché dans le tombeau.
Antenor qui revient l'empêche
de parler. Zelmire est conduite en
prison. Ilus reste seul. Il est étonné
de tant d'horreurs de la part d'une
femme qui paroissoit si vertueuse ;
il fait une petite dissertation sur
les femmes :

Quand ce sexe enchanteur, à son devoir fidèle,
Suit de ses douces mœurs la pente naturelle,

Ce sentiment plus tendre en son cœur répandu,
Par sa délicatesse épure la vertu ;
Mais quand cette douceur une fois abjurée,
Laisse à ses passions une femme livrée,
S'irritant par l'effort que ce pas a coûté,
Son ame, avec plus d'art, a plus de cruauté.

Il se ressouvient que Zelmire lui a parlé du tombeau, il croit qu'il renferme quelqu'un de ses complices ; il met l'épée à la main & veut le visiter ; Polidore sort du temple, Ilus le reconnoît. *Ah ! Dieux !* s'écrie-t-il, *Zelmire est innocente !* Tout est éclairci ; Ilus va s'armer pour enlever son fils & son épouse ; il conseille à Polidore de se retirer sur ses vaisseaux. Ce tendre père ne peut y consentir, & veut sous l'habit d'un Troyen combattre pour sa fille ; & s'exprime ainsi :

Et dans de tels momens vous voulez que je fuie,
Ma fille m'a contraint à supporter la vie ;
Et lorsque son grand cœur veut s'immoler pour
      moi,
Je craindrois d'exposer des jours que je lui doi :
Non, non, Seigneur, je sens sous les glaces
      de l'âge,
Le feu de mon amour rallumer mon courage ;
Malgré mes sens flétris je retrouve mon cœur ;
Et mes bras énervés reprennent leur vigueur :
Hélas ! ce tendre soin de défendre sa race,
A l'être le plus foible inspire quelqu'audace.

. . . .

      Près de vous combattant sans éclat,
Souverain détrôné, je ne suis qu'un Soldat.

Ema termine cet Acte en venant avertir Ilus que le Thrace qui a vû mourir Azor, l'attend pour lui remettre le billet que ce Prince barbare a écrit avant d'expirer.

ACTE IV.

Zelmire arrive escortée par des Troyens ;

Troyens : on lui dit que son père
eſt en sûreté sur les vaiſſeaux d'I-
lus, & que le Prince son époux
combat pour ravoir son fils. Zelmire, avec des yeux de Lynx, voit
ce combat. Elle s'adreſſe à Mars,
& le prie d'être propice au plus
juſte parti.

La gloire eſt trop souvent le prix de l'injuſ-
tice.

Elle voit qu'Antenor eſt vainqueur & qu'Iluſ eſt vaincu. Un
Troyen pourſuivi par Rhamnès
s'enfuit dans le tombeau. Rhamnès soupçonne que ce Troyen s'eſt
réfugié sur les vaiſſeaux, il ordonne à ſes Soldats de les brûler;
Zelmire tremble pour son pere;
Rhamnès dit à ſes Soldats de cher-

cher s'il n'est point dans le tombeau ; ils y entrent ; ô surprise ! c'est Polidore ; étonnement de Rhamnès ; désespoir de Zelmire qui s'accuse alors du parricide tant de fois reproché. Polidore veut aller venger Ilus ; mais Zelmire l'arrête en lui disant que c'est à son époux & à son fils à s'immoler pour lui.

J'idolâtre mon fils, j'adore mon époux ;
Mais ne doivent-ils pas donner leur sang pour
    vous ?
Ma vie est votre bien, je vous la sacrifie ;
Ils vous sont, comme moi, comptables de leur
    vie.
L'un naquit votre fils, l'autre l'est par son
    choix,
Et le même devoir nous enchaîne tous trois.

Elle veut toucher Rhamnès en faveur de son Roi, & lui adresse le discours suivant.

O Lesbiens ! le sang qu'on puise en ma patrie ;
Des Thraces nos Tyrans n'a point la barbarie,
Les féroces mortels ont endurci vos mœurs,
Mais l'humanité sainte est au fond de vos cœurs ;
Rhamnès, un rang illustre a flatté tes souhaits,
Mais tu n'es point vieilli sous le joug des forfaits,
L'exemple d'Antenor, les succès détestables,
Auront pu t'égarer sur ses traces coupables,
Quelque prix qu'à tes vœux sa fureur puisse
    offrir,
Ferons-nous moins pour toi, si tu veux nous
    servir,
Epure ta grandeur & la rend légitime,
Obtiens par la vertu ce que tu dois au crime.

Ah, s'écrie-t-elle, *mon pere !... il s'attendrit !* Elle se jette à ses genoux ; mais Antenor arrive, Ilus le suit. Rham nès lui fait voir Polidore ; il soutient la vûe de ce Roi, sans être déconcerté, Polidore s'adresse ainsi à Antenor.

Je te parle en vainqueur au sein de mes revers ;
Le crime couronné craint l'innocence aux fers ;

Tu caches la terreur sous les traits de l'audace,
Je vois pâlir ton front, lorsque ton œil menace.

Antenor dit au Peuple que puisque Polidore vit, il ne faut pas douter qu'il ne soit le meurtrier d'Azor. Zelmire confondue s'écrie:

Et la foudre, grand Dieu, reste oisive en tes mains!

Antenor résout le supplice de Zelmire & de Polidore & veut les faire juger par le Peuple; Ilus est furieux, on l'emmene en prison.

ACTE V.

Ilus vient sur le théâtre & se plaint à son Confident que Rhamnès lui a enlevé l'écrit d'Azor & qu'il n'a plus les moyens de confondre Antenor aux yeux du Peuple. Antenor arrive avec Rhamnès. Le Prince Troyen étonné de tant d'horreurs lui dit :

Non, rien n'épuifera fa fertile impofture,
C'eft le dehors trompeur de l'intégrité pure ;
A force de forfaits te voilà parvenu
A la tranquillité que donne la vertu.

Il s'emporte en imprécations contre le Tyran. On verra, dit-il :

On verra tes pareils inftruits par tes forfairs,
Contre toi de ton art déployer les fecrets,
Par tes propres leçons te détruifant toi-même,
Sur ton front écrafé monter au rang fuprême.

Antenor le fait conduire en prifon ; avant de partir, il lui dit :

Je l'avouerai, la vie a pour moi des appas,
Mais tant de cruauté m'en fait haïr l'ufage.
Peut-on aimer le jour qu'avec toi l'on partage ?

Rhamnès lui demande s'il ne

craint pas que les Lesbiens à la
vuë de Polidore ne prennent son
parti. Antenor lui répond :

Ils l'ont trop offensé pour ne le point haïr ;
On n'aime plus son Roi quand on l'a pu trahir.

Il découvre les derniers replis
de sa politique barbare, & pour
colorer le supplice de Polidore &
Zelmire, il emprunte le voile de
la Religion, sçachant qu'on peut
toujours abuser le Peuple.

Tout asservit le Peuple à mon puissant génie,
Tel est l'art de régir ces crédules humains,
Qui ferme dans le pli que leur donnent nos
       mains,
Aveugles instrumens du Héros qui les guide,
Avec un esprit foible ont un cœur intrépide.
Qu'au nom de la Patrie on rend séditieux,
Qu'on mène au sacrilège avec le nom des Dieux.

Le Peuple & les Soldats pa-
roissent. Zelmire & Polidore

viennent auſſi, la Princeſſe s'écrie:

O mon pere! voilà le prix de la vertu.
Par d'heureux ſcélérats ſa ſplendeur uſurpée,
Des ombres du forfait la laiſſe enveloppée,
Elle meurt ſans goûter le ſtérile plaiſir
D'emporter ſon nom même à ſon dernier ſoupir.

Polidore demande au Peuple d'épagner ſa fille. Antenor déclare que Zelmire eſt condamnée. Zelmire s'abandonne à ſa fureur, qui s'exhale en ces imprécations :

Tremblez tous. Les Troyens par ma mort
excités
En immenſes tombeaux changeront vos cités.
Que la peſte cruelle, & la faim dévorante,
Uniſſent leurs fléaux à la guerre ſanglante;
Que vos fils arrachés de leurs tombeaux briſés,
Soient à vos yeux mourans ſur la pierre écraſés.
Que l'Enfer ſoulevant les abîmes des Ondes,
Faſſe écrouler votre iſle en ſes *flammes profondes*,
Qu'il dévore à jamais ce monſtre furieux,
L'opprobre des Mortels & la honte des Dieux.

Le grand Prêtre arrive ; Antenor dit à Rhamnès qu'il est tems de venger Azor & lui ordonne de prendre le fer sacré pour immoler les victimes. Il leve le poignard sur Polidore.

Rhamnès vers Antenor fait une marche adroite ;
Il l'observe de l'œil, & menaçant à droite,
Tout d'un coup tourne à gauche, & d'un bras fortuné
Frappe subitement le Tyran eonsterné.

Boil. Lutr.

Exécrable Assassin ; meurs au pied de ton Roi ;

S'écrie Rhamnès. Antenor en mourant dit : *j'expire, il est des Dieux.* Rhamnès lui répond : *tu les connois enfin.* Il montre au Peuple l'écrit d'Azor, il leur raconte cette

Merveille respectable à la race future,
Où même en s'oubliant triomphe la nature.

Il s'adreffe au Peuple & l'exhorte à reconnoître Polidore leur Roi. Quoi ! dit-il :

Vous répandez des pleurs, ô Thraces inflexibles !
Ah ! ne rougiffez pas de vous trouver fenfibles ;
Le remords eft fublime en des cœurs courageux.

Il fe jette aux pieds de Polidore; le Peuple & l'Armée fuivent fon exemple. Au même inftant Ilus délivré de la prifon vient embraffer Rhamnès, en voyant le monftre expiré. Polidore termine la Piece par ces vers :

Je ne pourrai longtems jouir de ces bienfaits ;
Juftes Dieux ! chargez-vous de ma reconnoiffance :
Dans le cœur de fon fils mettez fa récompenfe.

Ainfi finit cette Piece qui a tout le fuccès d'Hypermneftre. On a appellé l'Auteur avec tranſport, il a paru avec modeſtie, il ne manque plus , dit le Bel-Eſprit , au triomphe de M. de Belloi que les honneurs de la Parodie & de la Critique , & certainement je lui accorderai le dernier. Pour moi j'étois enchanté , je ne pouvois me contenir; je battois des pieds , des mains , j'appellois l'Auteur, j'aurois voulu le revoir à chaque inſtant. Notre bel eſprit étoit au déſeſpoir de mon enthouſiaſme. Les beaux eſprits n'aiment pas le ſuccès des autres. Il entroit en fureur contre moi, il critiquoit la Pièce avec aigreur , il en déchiroit la conduite; je voulois l'adoucir; mais en vain. Plus je lui diſois du bien de Zelmire , plus il s'acharnoit contre les défauts de cette Tragédie. Pour lui complaire, j'étois quelquefois obligé de convenir de ſes remarques.

Il diſoit que les coups de Théâtre étoient des tours d'Eſcamotage, que le Tyran n'agiſſoit jamais; que Rhamnès étoit un imbécile, qui fait le crime par baſſeſſe & par ambition, & qui devient enſuite le plus vertueux de tous les Acteurs, en immolant le Tyran.

Il convenoit cependant que la Scene du premier Acte entre Antenor & Rhamnès étoit très-belle; que le troiſieme acte méritoit des éloges; que le rôle de Tyran étoit aſſez bien vu, mais mal exécuté; que la conduite de la Pièce étoit peut-être aſſez bien combinée,

quoique fans vrai - femblance.
Mais, difoit-il, l'Abbé d'Aubi-
gnac a bien fait une Tragédie où
l'on ne trouvoit d'autres défauts
que celui d'ennuyer ; c'eft de cette
Pièce dont le grand Condé difoit
*Je fçais bon gré à l'Abbé d'Aubi-
gnac d'avoir fait une Pièce dans
les régles, mais je fçais mauvais gré
aux régles d'avoir fait faire une
mauvaife Pièce à l'Abbé d'Au-
bignac.* Je le priai de m'expliquer
comment cela fe pouvoit faire.
C'eft, me dit-il, qu'il n'y a dans
fa Pièce, affez bien faite d'ailleurs,
nulle vrai-femblance dans les fi-
tuations, nul développement dans
les caractères, nul intérêt dans les
perfonnages, nulle gradation dans
la marche, nulle liaifon dans les

Scènes, nulle adreſſe dans les mouvemens ; nulle vérité dans le dialogue, nulles paſſions dans les Acteurs ; que ſa verſification étoit hâchée pour être brillante ; qu'elle étoit longue, difuſe & pleine de Sentences. Par exemple, continua-t-il, vous qui admirez tant cette Pièce, expliquez-moi, je vous prie, ce que vous entendez par ces vers ?

Pour déchirer un cœur, pour creuſer ſa bleſ-
    ſure,
Que ſont les paſſions auprès de la nature ?

  Et ceux-ci ?

Ce ſentiment plus tendre en ſon cœur répandu,
Par ſa délicateſſe épure ſa vertu.

  Et les quatre vers qui ſuivent ?

Mais quand cette douceur une fois abjurée,
Laiſſe à ſes paſſions une femme livrée,

S'irritant par l'effort que ce pas a couté,
Son ame, avec plus d'art, a plus de cruauté.

Je lui dis que je trouvois ces vers très-beaux ; mais j'avouois aussi qu'ils manquoient un peu de clarté, ou plutôt que l'Auteur n'a pas dit exactement ce qu'il a voulu dire.

Il me demanda ce que vouloit dire ce grand Prêtre qui vient pour faire un Rôle de Bourreau, & qui ne fait ensuite que celui de petit Sacristain qui présente des burettes. Il me demanda pourquoi Rhamnès sacrifioit ; pourquoi au cinquiéme Acte, lorsqu'Antenor déploye les derniers replis de son ame, il s'explique devant l'Armée, il me demanda encore pourquoi Ilus est mis en prison pendant que Zelmire & Polidore font prêts à être facrifiés ; il me demanda dans quelle Religion Zelmire a vu qu'elle ne devoit pas balancer à facrifier fon fils & fon époux pour fauver fon pere ; pourquoi le Trace qui vient annoncer l'affaffinat d'Azor, ne remet-il pas à Zelmire le billet dont il parle. Enfin il n'auroit pas ceffé de m'interroger, fi je ne l'avois interrompu en lui répétant que malgré toutes remarques, Zelmire n'en étoit pas moins un chef-d'œuvre & que l'intérêt répandu dans cette Pièce, rachetoit bien quelques défauts qu'on pouvoit lui reprocher,

Affurément, reprit notre Critique, votre éloge eft bien choifi. Et en effet, quel intérêt ne doit pas exciter un Roi détrôné, haï de son Peuple, qui n'est point du tout en danger, parce qu'on le croit mort, & qu'il est caché dans un tombeau, qui vole au combat en homme courageux, & qui s'enfuit avec prudence?

Quel intérêt ne doit pas causer une fille qui a la bonté de se laisser accuser des crimes les plus atroces, lorsque d'un seul mot elle pourroit confondre son accusateur?

Quel intérêt ne doit pas causer un Prince, qui sur le moindre rapport d'un scélérat, croit sa femme coupable de tous les forfaits qu'il est de son avantage de ne pas commettre, & qui voit avec une constance tout à fait héroïque sa femme & son beau pere condamnés injustement?   Quel

Quel intérêt ne doit pas exciter un scélérat qui a la noblesse & la prudence d'assassiner lui-même & d'avouer ses crimes à un confident qu'il n'a pas eu la précaution d'é- prouver ?

Peut-être, lui répondis-je, que plusieurs de ces objections sont fondées ; mais au moins admire- rez-vous avec moi l'adresse avec laquelle M. DE BELLOY a esquivé l'unité de lieu en plaçant la Scène dans une Rue.

J'ai été charmé de la liberté avec laquelle les Acteurs vien- nent & s'en vont.

Je sçais encore bon gré à M. DE BELLOY d'avoir dégagé sa Pièce de ce terrible & de ce pathétique que les Corneille, les Racine,

les Crébillon, les Voltaire & autres Génies de cette trempe ont eu
la foiblesse de croire absolument
nécessaires à leurs Drames. Lorsque je vois à Zaïre, à Britannicus,
à Electre, à Mahomet, à Inès de
Castro, à Rodogune, &c. Mon
cœur est oppressé, je suis forcé
de m'attendrir, je frémis, un torrent de larmes coule de mes yeux,
& cela est bien incommode. Qu'il
est bien plus agréable d'assister à
une Pièce sans émotion, & avec
la même tranquillité que si l'on
voyoit *les Fantoccini* Italiens !

Le bel esprit qui ne me lâchoit
point (voyez l'envie) vouloit ôter
à M. DE BELLOY la gloire d'être
l'inventeur de ce tragique, & di-
soit que l'Auteur d'Hypermnes-
tre s'en étoit servi avant lui.

J'ai encore un éloge à donner à l'Auteur de Zelmire , ai-je repris, on ne peut trop recommander l'art qu'il employe pour soulager la mémoire des Spectateurs, en tournant la plupart de ses vers en jolies petites Sentences , dont on peut orner les cabinets. En voici quelques unes :

Que fait la renommée au cœur qui la dément ?
En paix avec soi-même, on la brave aisément.

Tromper un Traître, Ema, c'est lui rendre
       justice.

La Nature allarmée enfante des miracles.

Le sentiment se tait & la raison s'égare.

La gloire est trop souvent le prix de l'injustice.

Le crime couronné craint l'innocence aux fers,

Eh, quel pere offensé se souvient de sa haine,
En voyant des enfans que l'amour lui ramène.

. . . .

Tu sais que les mortels, vertueux, ou capables,
Dans les autres toujours, pensent voir leurs
     semblables.

. . . .

On n'aime plus son Roi quand on l'a su trahir.

. . . .

On mène au sacrilège avec le nom des Dieux.

. . . .

On ne peut disconvenir que ces maximes ne soient très-belles.

Mais si je loue dans Zelmire l'intérêt, le développement des caractères & des situations, je n'en applaudis pas moins à la versification, je vais prouver la beauté

Ta tendresse va croître au récit de la mienne.

Le recit d'une tendresse ! Reciter une tendresse pour en faire croître une autre ! Que cela est neuf !

Sur ton front écrasé monter au rang suprême.

Monter sur un front écrasé, Que cette image est noble & juste !

Que sont les passions auprès de la nature !

Que cet *auprès* est poëtique ! Que la Nature opposée aux Passions forme un beau contraste !

Car l'inflexible airain de l'ame la plus dure S'ébranle & s'amollit au cri de la nature.

L'inflexible airain de l'ame qui s'ébranle & s'amollit au cri. Tout cela est bien beau.

On dira tout ce qu'on voudra, mais il est certain que Racine & Voltaire n'ont jamais écrit comme cela.

Le Bel Esprit ennuyé de mes discours apologétiques ne cessoit de me répondre que la Piece de Zelmire n'avoit tout au plus qu'un

intérêt de curiosité par la multi-
plicité des coups de Théâtre en-
taſſés les uns ſur les autres ſans
but & ſans deſſein, que la verſification étoit foible, lâche, obſ-
cure, entortillée, diffuſe, & qu'il
s'attendoit bien que cet ouvrage
n'iroit pas loin à la lecture. Et puis
tout à coup ſaiſi d'un tranſport
prophétique, il dit d'un ton
de Philoſophe que tout faiſoit le
cercle ſur la terre, que les Em-
pires ont tour-à-tour une ſplendeur & un abaiſſement; qu'il en
ſeroit de même de la Tragédie
parmi nous; qu'il ne déſeſpéroit
pas de voir quelques jours un autre Theſpis ſe promener ſur un
tombereau dans les rues & chanter
ſur des Treteaux, puiſque ſur la

Sçene Françoise, c'eſt-à-dire ſur le plus beau Théâtre du Monde, on faiſoit déjà des tours de Gobelet, en récitant des vers Techniques. Après cette prédiction, le Bel Eſprit me quitta d'un air fier & ſublime, & je ne le vis plus. Je compris qu'il alloit mettre par écrit la Critique dont il m'avoit parlé, & je fis mes efforts pour que prévenir.

FIN.